鬼と踊る

三田三郎

左右社

鬼と踊る

目次

ワンダフルライフ

生活を組み立てたいが手元にはおがくずみたいなパーツしかない

土下座にも耐えられるはず全身で地球を愛撫すると思えば

5000円も横領できず牛丼を食っているこれが人生ですか

胸張って歩いてみれば背骨から無理をするなとクレームが来る

ありがとうございますとは言いづらくその分すいませんを2回言う

公園のカップルを睨み付けたあと帰る夜道は暗すぎないか

担保価値３０円の人生に金はいいから肩貸してくれ

幸も不幸も他人に見せるものでなくツイッターには床の画像を

分かりたい人の気持ちは分からずに殺人鬼の手記など読んでいる

キャンプとか誘われないし星々の代わりに仰ぐ天井のシミ

悪いけど今日は相手してやれねえと風呂場のカビに言い残し寝る

自律神経没後八年

目覚めれば現実起き上がれば現実ちょっとお茶でも飲めば現実

足元にくださいい冷気ではなくて猫をあるいは強い打球を

爪を切る気力があればよしとする自律神経没後八年

お隣の大学生が引っ越して壁はしばらく殴り放題

心にも管理人のおじさんがいて水を撒いたり撒かなかったり

ささくれを引きちぎりたくなったときいつも心にみずほ銀行

ＹＯＵ　ＷＩＮ！　とゲーム画面は褒めてくれる嫌がりもせず憐れみもせず

奪うんじゃなくて奪われたものをただ取り返すだけそれだけで夕暮れ

屈辱を思い出しては歯噛みする僕はヒト型永久機関

杖をくれ　精神的な支えとかふざけた意味じゃなく木の杖を

ワイドショーだよ人生は

今日は社会の状態が不安定なため所により怒号が降るでしょう

大規模な金融緩和の一環で日銀が僕のトラウマを買う

この国に未来はないと早口で語る青年にもみあげがない

警察を呼ばれるほどの愛ならば世界くらいは救えたろうに

劇薬と同じ名前の助っ人が送りバンドの指示に従う

道頓堀に飛び込んだっていいじゃない　線路じゃなくてよかったじゃない
「外交的配慮」だろうか友人の自慢話に「いいね！」押すのも

恋と愛はたぶん違うよ焼酎の芋と麦でもだいぶ違うし

パーティーで失言をした大臣のその時はまだ楽しげな顔

最後には巴投げでもするように被害者が加害者を裁いた

瞳孔が開いたコメンテーターの言うことだけは正座して聞く

ワイドショーを気が狂うまで観たあとの西日は少し誠実すぎた

前科があるタイプのおばあちゃん

わたくしは何ゴミですか?　「ビン・缶類」ではないことは分かるのですが

助けたのか殺せなかっただけなのか逃げゆく蜘蛛は笑っているか

世の中はカネだと友が苦笑する　そういうことは真顔で言えよ

前もって厳しい罰を受けたのでそれ相応の罪を犯そう

うっかりと同志のように見てしまうソーラーパネルに降る大雨を

焼酎が寄り添ってくれた　匿名の悪意ばかりが元気な夜に

不味すぎて獏が思わず吐き出した夢を僕らは現実と呼ぶ

死神から誘いが来ても今日はまだ「行けたら行く」と答えるだろう

どちらかと言えば僕らを救うのは前科があるタイプのおばあちゃん

パーフェクトワールド

君たちはまだ知らないか背負い投げされたときだけ見える景色を

屋上から刻みキャベツをばら撒けばわたしも反社会的勢力

楽器とか弾けないですが腹はよく鳴るのでバンドに入れてください

公園で別れ話をするような子に育てた覚えはありません

正義と悪みあってみあってはっけよいのこったのこった観客の勝ち

処方箋ひらひらさせて薬局の周りを力尽きるまで走る

夕立で身を清めたくなったのは分かるけどまず服を着なさい

父は僕の名前の由来を言う前に自分の唾で溺れて死んだ

真夜中にパーティーしよう俊足の左バッターだけを集めて

鏡よ鏡、もう面倒な質問はしないから何か返事をしてよ

白地図を赤と青で塗り分けましょう狂った場所と終わった場所に

麻酔科だけない病院から麻酔科しかない病院へ搬送される

次会っても顔は覚えていないから知恵の輪の片割れを手渡す

国道をひとり歩けば激励のように空車のタクシーの群れ

公園で親子が遊ぶ日曜日（言うべきことは何ひとつない）

教訓

第一に中島みゆきが存在し世界はその注釈に過ぎない

アンパンマンよりも抗生物質の方がしっかり戦っている

4時44分44秒の時計は見ても見なくてもいい

キッチンでうどんを茹でている人にドロップキックをしてはいけない

生活の魔術師

ゴミ箱がないんじゃなくてこの部屋がゴミ箱なんです　どこでもどうぞ

洗剤を入れ忘れても洗濯機は回り続けて健気なやつだ

冷蔵庫の裏のホコリは見えないし見えないものは存在しない

部屋干しをインテリアって呼んだって許して柔軟剤に免じて

コンビニで靴下を買う大人にはなりたくなかった！（なりたくなかった！）

泥棒に入られたなら警察を呼ぶ前に洗うべき皿がある

生活マンシップに則り菜の花は酢味噌で和えることを誓います

逆立ちで般若心経を唱えてもよかったはずだ一人暮らしは

歯の一本一本を慈しむように磨く親の死に目と引き換えに

風呂を出て裸のままで抱き締める嗚呼バスタオルの白き柔肌

放屁しか見所のない暮らしでも放映権を売れるなら売る

容赦なくシンクに溜まる生ゴミはせめて何かのメタファーであれ

剥がれ落ちたセロハンテープのふりをして生活が手にくっついてくる

いざ出勤

あらかじめ朝の虚空に５０回謝ってから会社へ向かう

訳もなく靴ひもを固く結ぶとき何を絞め殺したんだ僕は

乗客が見つめているスマートフォンの画面がみな真っ暗だったらなあ

交通量調査の男カチカチと心の中で起爆しながら
合戦のように横断歩道上スーツ同士が肩ぶつけあう

青信号渡れているぞ待っているドライバーたち正気らしいぞ

言い訳のような広場がビル街にできるたび悲しゅうて悔しゅうて

企業などただの概念に過ぎない　いざ行かん鉄の箱の中へと

アイム・ジャスト・ワーキング

シュレッダーに死者の名刺を食わせればもっとよこせと唸りを上げる

段階を踏んで心を折ってくる合理主義者の縁なし眼鏡

ポケットに入れっぱなしのレシートもきっと一緒に謝っている

『超簡単！　働くだけで体重がみるみる落ちるストレスダイエット』

エレベーターの扉が閉まるまではお辞儀そのあとはふくらはぎのストレッチ

捨てられるための資料を作ったら怒鳴られるための電話をかける

領収書の宛名は会社名ですかそれとも僕の戒名ですか

爆発した同期のお陰でぐにゃぐにゃのブラインド越しに見える満月

コピー機が紙に託した温もりを係長にさらわれてしまった

筆箱にお守りとして入れてある五年経っても現役の殺意

マウンドへ向かうエースのようでした辞表を出しに行く後輩は

壊れたら捨てて買い直せばいいと笑う豪腕社長の金歯

スマートフォンの画面に傷がないことを残された誇りとして退勤

人生

漏らす時期が過ぎて漏らさない時期が来て再び漏らす時期が来て終わり

肝臓のブルース

絶望に十分すぎる生い立ちがあるわけでなくただの昼酒

1杯目を飲む決断は僕がした2杯目以降は別人がした
世界中の因果がひっくり返っても酒を飲みたいから酒を飲む

一気飲みも鬱憤をA地点からB地点へ動かすだけだった

酔えなくても酔い潰れても当方の落ち度であって酒は悪くない

汗と垢を流すなら風呂、罪と罰を流すならジンウォッカウイスキー

歯で噛んだり舌で潰したりしなくてもいいからいい　液体はいい

今晩も大酒泥酔警報で肝臓に避難勧告が出る
肝臓よあなたのことが大好きですあなたが死ねば僕も死にます

肝臓の薬を酒で飲み下しみんな一緒に矛盾しようよ

二日酔いのエレジー

昨晩の私と今朝の私との引き継ぎミスにより二日酔い

二日酔いの頭の中で開かれる内臓たちへの謝罪会見

二日酔いが自然治癒する病でも迎え酒という特効薬を

僕の歌

赤ちゃんの泣いている声で目が覚める　僕だって生まれたくなかったよ

賢明と言うべきだろういち早く僕から脱出した髪の毛は

ぶんぶんと手を振り回しトランプは演説をする僕は蚊を払う

「知らなくて済むことですか」「まあ僕はコンゴの首都も知りませんから」

ＳＰのようにキョロキョロしているが僕には守るべきものがない

僕のことをいい人と言う人がいてそれを信じる僕はいい人

窓口の謝り慣れた職員に僕も負けじと謝り倒す

ソムリエはワインの味に詳しいが僕は煮え湯の味に詳しい

べったりと君の額に欲望が僕の実家に抵当権が

白線を球児がひょいとまたぐよう僕も夜道でゲロをまたいだ

地理音痴・歴史音痴の僕はただいつもの店でいつもの酒を

夜通しでうめき続ける冷蔵庫　僕にはうめく気力すらない

せめてあくびを

夢の中へ招いた覚えのない人にレム睡眠をへし折られ朝

右の靴が脱げて路上に立ち尽くす　履き直そうか　左も脱ごうか

そうやって天気予報の言いなりになるならもっと派手に降れ雨

パソコンをぶん投げたとき失くしたのはまさかShiftキーだけではあるまい

歯を食いしばったら顎が痛むからどうか笑いをせめてあくびを

汽笛にもうるせえと言う荒れ方でここ三年は乗り切ったけど

擦りむいた膝をしばらく撫でている　自然にできた傷はかわいい

ぼろぼろの単語帳めくる少年よ頑張れ俺はもう頑張れない

帰り道２匹の虫を振り払いようやく着いた家がこれかよ

屈辱の刻印としてのニキビ跡　消えればよいか残ればよいか

犯罪者予備軍のまま死ねたなら善人だったことにしてくれ

十円玉と間違えられた五円玉の穴を思って泣く夜もある

闘争的飲酒の夜

微笑みと含み笑いは紙一重　答え合わせは来世にしよう

2分後に暴言を吐く確率を見積もりながらビールおかわり

まるで丸い四角を描けと言うように酒はきれいに飲めとあなたは

笑ったと思ったらすぐ泣き出してビットコイン相場のような人

万札はテーブルに叩きつけるため持ってきたわけではないでしょう

頻尿の季節

熱いお茶買えば財布の小銭だけ新陳代謝繰り返す冬

気を付けろ俺は真顔のふりをしてマスクの下で笑っているぞ

なめとんかアホンダラアと心だけ暴れたあとに食う温野菜

タクシーはゴミ箱じゃない　酔い潰れて押し込まれる側でもそう思う

畳まれて不本意ならば死ぬときに着るから遂げろシャツの本懐

頻尿の季節がやってきましたね　今日もたくさん便器に会えた

なぜここは歯医者ばかりになったのと母は焦土を歩くみたいに

棒として駅前に立つ　体ってこんなに冷えていいものなのか
いざとなれば何でも巻けるこの首にとりあえず巻かれているマフラー

布団だけ僕の帰りを待っていた　抜け出たときの姿のままで

人生（Part2）

入口じゃないところから入ったがもう出口だから許しておくれ

禁断の恋

今日からはあなた以外の人間を鳩とみなして生活します

新しい恋をしたので役所から補助金を出してほしいのですが
あなたとは民事・刑事の双方で最高裁まで愛し合いたい

シーソーをひとりで遊ぶ達人に恋の秘訣を教えてもらう

僕の愛に対する債務不履行であなたの愛を差し押さえます

僕たちは出会うのが５分１２秒遅かっただけという話です

俺もまぜてくれ

血を吸って去る蚊よ親に挨拶は元気よくと教わらなかったか

今日こそは殲滅すると意気込んで切れば散らばる鼻毛の死骸

カップルの喧嘩だ俺もまぜてくれ最初は聞き役に徹するから

謝ったわけではなくて俯きたい衝動に襲われただけです

憂鬱を撫でてもろくなことがないゴワゴワするし手はかぶれるし

行儀よく座る男の膝の上に拳という鈍器が置いてある

自己処罰のために何度も読み返す『株で１億稼ぐ方法』

わたくしめの髪を百本抜くだけでどこかの誰かが救われるなら

健康の前借りをして飲む酒で五臓六腑がみな火の車

「生きなければ死ねない」ということわざがインドにはあるような気がする

結婚式の招待状が届くたび破棄という渾身の反撃

放尿が終わってしまう寂しさに負けまいと覚えたての軍歌を

ハッピーシティー

この薬めちゃ効くよって処方箋見せあって笑いあって青春

信じがたい数のバッタが死んでいたあの場所だけは知られたくない

一度だけ白を灯したばっかりに警官にも無視される信号

ゴミ箱を探して街をさまよえばテロリストの歩幅になっている

床屋から逃げた鏡は取り調べに「海を映してみたかった」などと

クレーンは断じて鶴に似ていない　吊すための強靱な脊柱

踏切で立ち往生する婆さんの髪にどうしてピンクのメッシュ

点滴台と抱き合って夜の廊下ゆく　このまま病院抜け出さないか

平穏な暮らしが三日続いたら空から落ちてくる請求書

コンビニが全部１０時に閉まるからこの街はたぶん大丈夫だろう

路上より

アスファルトに寝ればアスファルトの匂い　どこからやり直せばいいですか

ウォッカとの死闘の果てに決着は１２回裏のサヨナラ嘔吐

酔っ払いに脱ぎ捨てられた靴のくせに前衛的な立ち方をするな

冷やかしのように頭上を吹く風に酒臭い口笛を混ぜてやる

スタンガンを使ったこともないままに老いていくのか　それはいいのか

人生をやり直せれば戻るだろう何度も何度も受精卵まで

疲れた男の話

罵られすぐ謝られ屈辱の血中濃度が乱高下する

スマートフォンは面白くない　電話って叩き切るのが醍醐味なのに

思い出し笑いのあとの空咳でしばし真顔の国の住人

空き家とは仲良くやっていきたいよ打ち捨てられた存在同士

夕焼けはためらい傷そっくりなのに太陽は死なずただ沈むだけ

ルーティンと言っていいのか帰宅後は靴を鏡に投げつけている

通信障害の不便を友人に伝えようにも通信障害

死んでないお祝いとして枝豆を一皿全部一人で食べる

旅行中止　いくら荷物を減らしてもカバン自体がそもそも重い

疲れたと言うことにさえ疲れたら結果的には寡黙な男

人生（Part3）

10時間寝ているけれど3時間しか寝ていないふりのまま死ぬ

故郷へ

安堵がじょうず、安堵がじょうず、と手を叩き母さんが僕を迎えてくれる

快くない快速でやってきた潔くない潔おじさん

蕁麻疹、右手ならケンちゃんからの、左手ならコージからの便り

店員に小銭を投げるおじいちゃん　それを見て惚れ直すおばあちゃん

極限まで抽象化された父さんが換気扇から吹き込んでくる

今日はもう終わり

特急も直進だけじゃ飽きるだろうたまには空へ向かっていいぞ

「いいね！」押す手には力が入ってた　五寸釘でも打ち込むように

赤信号みんなで渡れば怖くないみんな渡ってみんな轢かれよう

野良猫になりたいと笑う税理士よ神の配役ミスに抗え
咳き込んだ拍子に夢を失ったということにしてもらえませんか

幾度も雑に命を投げ捨ててマリオにはマリオなりの矜持が

ゴキブリを殺したらすぐ報告せよ　完全犯罪は寂しいから

何らかの事故を連想させるほど大量の精液が出てしまう

膝の裏を洗い忘れているような気がしたら終わり今日はもう終わり

蛇足と言う奴が蛇足

狂人も偉人も恐れられている点で同じと誇る狂人

燃えるゴミ／燃えないゴミ　燃やすゴミ／燃やさないゴミ　燃やしたいゴミ

悪が悪を、悪ではなかったはずの悪が、もはや悪ではなくなった悪を

ありがとうと言って損することはないありがとうありがとうありがとう

待ってるんですが

ずっと神の救いを待ってるんですがちゃんとオーダー通ってますか

人類は破滅すべきと息巻いた翌朝7時に出す資源ゴミ

月末の小銭散らばる県道を五円玉だけ拾って歩く

何もかも逆説的だ絶望の必要がない僕に夕立

帰ったら石鹸で手を洗いなさいウイスキーで脳を洗いなさい

万人に好かれたいという願望をティッシュの箱と一緒に潰す

黒柳徹子はいい人だと思ういい人だと思おうとしている

毎食後の薬を欠かさず飲むために朝昼晩のチキンラーメン

こめかみに前世で自殺したときの古傷がある　笑うと痛む

円周率一万桁を暗記して誰にも披露しない幸せ

神だって祈りだすだろう「人間の祈りがいつか尽きますように」

エピローグ

耐えているうちに余生は過ぎ去って黄泉で始める軽い打ち上げ

エピローグ（Part2）

石を投げ鬼と一緒に踊るから賽の河原にレゲエを流せ

エピローグ（Part3）

千鳥足で来世へ向かう人間を輪廻からつまみ出すピンセット

解説　顔の見えない〈私たち〉

山田航

三田三郎の短歌は笑える短歌だ。ダメ人間の日常を、乾いた口語体で自虐的に詠う。ぷっと噴き出し、しみじみと哀しい。そんな短歌である。漫画を読むのと同じ感覚で気軽に楽しみながら読むことをまずは薦めたいが、この解説ではそのさらに一歩先、これらがれっきとした現代短歌であり、一級の文学作品である理由について説明していきたい。

近代（主に明治期）以降の短歌の文体を基礎づけているのは、正岡子規の写生論である。子規は、あるひとりの人間、すなわち〈私〉の肉眼に見える世界を、出来うる限りそのまま書くという方法論を導入した。そのことにより、特定のレトリックなどの共同体的な約束事で成立していた和歌は、個人を表現する近代文芸「短歌」へと変革された。

三田の短歌も、基本的には写生論に則っている。しかしその短歌の世界を映しているカメラは、語り手の肉眼に恒常的に貼り付いているわけではない。少し斜め上の、語り手の後頭部を映すようなところにカメラがあり、語り手を取り巻く状況は読者にも伝わるようになっているが、語り手自身の表情は絶妙に隠されている。

このような描写の方法は、子規が没した六年後にあたる明治四一年（一九〇八年）に自然主義作家の田山花袋が提唱した、「平面描写」に近い。花袋は言文一致体で小説を書くにあたって、作者の主観を交えず、出来うる限り客観的に、見たまま聴いたまま触れたままの現象を書くことを主張した。話し言葉を使うからこそ、その言葉を語る話者の顔が見えなくなるよう書くことにつとめていた。これは思想というよりも、読者の読みのモードを「感情移入」へと誘導するための技術論だった。

そしてこの歌集も、道化の仮面を被ることで、話者の顔をわざと隠している。

屋上から刻みキャベツをばら撒けばわたしも反社会的勢力
訳もなく靴ひもを固く結ぶとき何を絞め殺したんだ僕は
赤ちゃんの泣いている声で目が覚める　僕だって生まれたくなかったよ
ＳＰのようにキョロキョロしているが僕には守るべきものがない

これらの歌における「わたし」や「僕」といった一人称は、きわめて空虚である。必ずしも作者本人である必要がない、誰とでも換えのきく存在だ。だからこそ、どんな人間の心にも潜むダウナーな感情を刺激して、感情移入を可能にさせる。しかしそれと同時に、誰のものでもないふわふわした言葉を読まされているような落ち着かなさも感じることになる。

ここでヒントになるのが、「酒」というモチーフである。第一歌集『もうちょっと生きる』の頃から、三田の短歌には飲酒と酩酊が繰り返し詠まれている。酒好きの若山牧水ですら、こんなに酒の歌ばかり詠んではいない。そして、酒は語り手の生活が堕落していることを示すだけの安直な小道具などでは決してない。

1杯目を飲む決断は僕がした2杯目以降は別人がした

昨晩の私と今朝の私との引き継ぎミスにより二日酔い

2分後に暴言を吐く確率を見積もりながらビールおかわり

笑ったと思ったらすぐ泣き出してビットコイン相場のような人

アルコールによって前後不覚となることで、「僕」は非連続的な存在になる。しらふの「僕」

と酔っ払った「僕」とは、もはや別人である。話者の顔は常に一定とは限らない。このことは、話者、すなわち〈私〉が、いついかなるときも安定した理性を保ちながら世界を認識していることを前提とする近代短歌の写生論への、痛烈な疑義となっている。そしてこのことは「僕」だけに限らない。アルコールは全ての人間の〈私〉を等しく解体し、「ビットコイン相場」のような非連続的な存在へと変えてゆく。

「外交的配慮」だろうか友人の自慢話に「いいね！」押すのも
エレベーターの扉が閉まるまではお辞儀そのあとはふくらはぎのストレッチ
僕のことをいい人と言う人がいてそれを信じる僕はいい人
人類は破滅すべきと息巻いた翌朝7時に出す資源ゴミ

そして〈私〉が非連続的な存在になるトリガーは酒ばかりではない。社会生活を営む中で無数に発生する、他者とのちょっとした関係性の変化。それがトリガーになって、〈私〉は違う〈私〉を演じることになる。そもそも絶対的な〈私〉なんてものは最初から存在せず、共同体の中でたえず再規定されてゆくしかない。

三田の短歌は、〈私〉の同一性が何らかの作用によって安定を失い、解体しそうになる状況を描写する構造をもって成立している。それは表層的には、「自虐」や「自嘲」として表れているように見える。その段階にとどめて読んでも喜劇として十分に楽しめるのだが、そこから文学作品としてさらなるもう一段の層がある。

国文学者の安藤宏は、近代小説の言文一致体を、顔の見えない話し言葉↓明確な顔立ちをした「ひとりごと」↓読者に直接訴えかける「語り」の復権、という三つのサイクルが循環する歴史であると分析している。言文一致そのものが昭和末期まで遅れた短歌においては、21世紀に入ってようやく「ひとりごと」を脱して「語り」のサイクルに達し始めた。

胸張って歩いてみれば背骨から無理をするなとクレームが来る

ＹＯＵ　ＷＩＮ！　とゲーム画面は褒めてくれる嫌がりもせず憐れみもせず

シュレッダーに死者の名刺を食わせればもっとよこせと唸りを上げる

床屋から逃げた鏡は取り調べに「海を映してみたかった」などと

モノを擬人化する歌が多いのも三田の特徴だが、アニミズムではなく、人間がモノ扱いされる現代社会への風刺である。擬人化されたモノは〈私〉の鏡であり、モノから〈私〉へのメッセージは、そっくりそのまま〈私〉から〈あなた〉へのメッセージだ。〈私〉をモノ扱いする社会という共同体に対して、モノであることを引き受けた〈私たち〉の連帯で対抗してゆく方法である。〈私〉は非連続的な存在として断片化されるだけではなく、遍在もしている。

三田三郎の短歌は、ある意味ではオーソドックスで、ある意味ではアヴァンギャルドだ。〈私〉の同一性を疑わないことが「共同体的な約束事」となり現実社会から遊離してしまった近代短歌の硬直化に疑義を呈するが、一方で写生の方法論そのものは捨てていない。顔の見えない〈私たち〉が、それでもなおリアルに「語り」続ける。それが実現しているからこそ、この歌集は紛れもなく現代短歌の先端にある。

あとがき

あとがきには何かエレガントなことを書こうと試みたのですが、やはり私には無理でした。気持ちいいくらい何も思いつきませんでした。

気を取り直して、これまで私が生きてきたなかで出会った「鬼」について、怨念を込めながら赤裸々に綴ってみたのですが（こちらの方はすいすい書けました）、関係各所から正式に抗議を受けかねない内容になってしまったので、発表は見送らざるを得ませんでした。そもそも、私もまたこの世に蔓延る「鬼」のうちの一匹に過ぎないのですから、被害者面で他の「鬼」の悪行を暴き立てて得意になるのもおかしな話です。

そうすると、困ったことにもう書くことがなくなってしまいました。これを何かのお告げだと受け止めて、そろそろ筆をおきたいと思います。

この歌集を刊行するにあたって、企画協力・解説の山田航様、編集の筒井菜央様、装幀の北野亜弓様には、大変お世話になりました。優柔不断で右往左往してばかりの私に、愛想を尽かすことなく最後までお付き合いいただき、本当にありがとうございました。

二〇二一年七月　三田三郎

プロフィール

三田三郎（みた・さぶろう）

一九九〇年、兵庫県生まれ。
「ぱんたれい」「西瓜」同人。
二〇一八年に第一歌集『もうちょっと生きる』
（風詠社）刊行。
本書が第二歌集となる。

鬼と踊る

二〇二一年八月三十一日　第一刷発行

著者　三田三郎
企画協力　山田航
装幀　北野亜弓（calamar）

発行者　小柳学
発行所　株式会社左右社
東京都渋谷区千駄ヶ谷三丁目五五−一二
ヴィラパルテノンB1
TEL　〇三−五七八六−六〇三〇
FAX　〇三−五七八六−六〇三二
http://www.sayusha.com

印刷所　創栄図書印刷株式会社

ISBN978-4-86528-042-5